Kun synnyin isäni ilahtui nähdessään minun hymyilevän leveästi saapuessani maailmaan. Tosiasiassa hän näki pakaravakoni sillä tulin ulos väärinpäin. Äitini ei näet ollut käynyt neuvolassa enää loppuraskaudessa ja niinpä oli jäänyt huomioimatta, etten ollutkaan asettunut synnytyskanavaan normaalisti, eli pää edellä. En tainnut olla kovin innokas syntymään, sillä ohitin lasketun ajan kahdella viikolla. Lopulta kuitenkin supistukset pakottivat minut jättämään autuaan olotilani kohdussa ja kohtaamaan ulkomaailman. Tulin siis perä edellä, kädet silmillä ja välillä minusta tuntuu, että niin olen kulkenut tässä elämässä sen jälkeenkin. Tulin joka tapauksessa ehjänä ja alakautta, vaikka lääkärin otsalla helmeilikin hikipisaroita hänen kaivaessaan minut vahingoittumattomana äitini uumenista.

Olin helppo vauva. Nukuin, söin, kasvoin. Kehitykseni oli varsin tasaista. Opin kävelemään, pukemaan, riisumaan, puhumaan ja harjaamaan hampaani oikeaan ikätasoiseen aikaan ja oikeassa järjestyksessä.

Vanhemmillani ei ollut minun kanssani ongelmia, mutta muita huolia sitäkin enemmän. Isäni teki konkurssin täyttäessäni kaksi vuotta ja hakeutui väliaikaistöihin toimien mm. lehdenjakajana ja autonkuljettajana. Äiti puolestaan keskenmenon saatuaan masentui niin ettei enää kyennyt menemään töihin firmaan, jossa oli toiminut pääjohtajan sihteerinä useita vuosia. Samaan aikaan sattuneella isän konkurssilla oli myös osuutta asiaan.

Luulisi että minusta olisi tullut masentunut nuori näillä edellytyksillä. No, en toki mikään ilopilleri koskaan ole ollut, mutten myöskään ole havainnut masennuksen oireita itsessäni. Leimaa-antavinta elämässäni ja luonteessani on ollut pysyvä usko siihen, että mehulasini on aina ollut mielestäni puoleksi täynnä eikä puolityhjä, kuten monet kanssakulkijat kokevat. Elämäni huonoina aikoina, joita on kyllä riittänyt, olen jaksanut uskoa kaiken kääntyvän parhain päin. Koulu sujui jotenkuten. Älyä minulta ei puuttunut, tarmoa vain. Olin enemmän sellainen mietiskelijä ja jo ala-asteella vesiväreillä maalaaminen oli lempipuuhaani. Oli hauska kokeilla minkälaisia sävyjä saisin aikaan sekoittelemalla värejä keskenään. Silloin en sen kummemmin osannut edes haaveilla urasta taiteilijana, enkä vielä lukion alkuaikoina mielestäni kokenut kutsumusta maalaustaiteen pariin, vaan se oli vain mukavaa ajankulua. Taidemaalari minusta sittemmin kuitenkin tuli, vaikka vanhempani toivoivat minusta opettajaa. Äitini oli aina haaveillut opettajan urasta, muttei useista yrityksistä huolimatta ollut onnistunut pääsykokeissa. Hän valmistui sittemmin merkonomiksi. Isäni puolestaan piti opettajan ammattia yhteiskunnallisesti arvostettuna ja minulle sopivana pitkine lomineen, laiska kun olin. Olin itsekin ajatellut ajautuvani opettajaksi, mutta omaksi ja muiden hämmästykseksi löysinkin itseni lopulta maalaustaiteen elättämänä. Se ikään kuin imaisi minut huomaamatta mukaansa. Värit sekoittivat kai pääni. Kaikki vapaa-aikani kului maalatessa ja lukion suoritin keskinkertaisin arvosanoin. Ylioppilaslakin sain kuin sainkin epäilyksistäni huolimatta laittaa päähäni.

Murrosiän kuohut sinetöin surrealistisiin teoksiin, joita syntyikin noina vuosina lukematon määrä. Nuoruudentuskan hellitettyä siirryin abstraktista konkreettisempaan suuntaan ja aloin maalata muotokuvia. Koska maalaaminen on melko yksinäistä ja intensiivistä puuhaa, en ehtinyt kerätä ystäviä ympärilleni, tyttöystävistä puhumattakaan.

Vanhempieni mielestä minun olisi pitänyt hakea edes jonkinlaiseen taiteen alan oppilaitokseen ja mieluiten sellaiseen, joka pätevöittäisi kuvaamataidonopettajaksi. He alkoivat vähitellen kyllästyä kotona asumiseeni ja näennäiseen saamattomuuteeni. Mielestäni moiset opinahjot vain rajoittaisivat taiteilijan vapauttani ja olin mielestäni hyvinkin aikaansaava, jos otti huomioon kaikki vuosien varrella maalaamani taulut. Elin toistaiseksi työttömyysavustuksella asuen pihapiirissämme sijaitsevassa saunakamarissa.

Alettuani kokeiluni muotokuvamaalauksen parissa tarvitsin malleja. Vanhemmat ja isovanhempani suostuivat siveltimeni ikuistettaviksi, vaikkakin hiukan vastahakoisesti. Onnekseni naapurissa asui suurin piirtein ikäiseni tyttö. Hän kävi kampaajakoulua ja oli helposti suostuteltavissa istumaan mallinani. Vastapalvelukseksi annoin hänen tehdä harjoituskampauksia hiuksiini, jotka tuohon aikaan olivat paksut ja pitkät. Toisiamme siinä aikamme katseltuamme ja työstettyämme rakastuimme. Halusin tuolloin tavoittaa siveltimeni välityksellä hänen sielunsa kauneuden ja niin saunakamari täyttyi muotokuvasta toisensa jälkeen. Hän taas kunnianhimossaan kampaajana täytti huoneen lattian hiuksillani, joita irtosi erinäisten permanenttien ja kampausten jäljiltä. Lopulta osa tauluista oli pakko viedä kaatopaikalle niiden täytettyä joka ikisen vapaan tilan kamarissani ja myös vanhempieni talossa. Hiukseni päätyivät samaan paikkaan niiden haurastuttua käsittelyistä niin paljon että ajoin itseni kaljuksi.

Eräänä päivänä huomasin, kuinka maalattuani rakkaani surullisena hän oli koko viikon allapäin. Toisena päivänä aloittaessani hahmotella kuvaa hymy suupielessään hän hymyili aurinkoisesti koko viikon. Samoin kävi, jos tein itkevän kuvan tai murjottavan. Aluksi se huvitti minua, mutta kun näin oli jatkunut jo jonkin aikaa aloin tehdä kokeita. Maalasin hänet raivon vallassa olevaksi ja sen sain sitten viikon verran tuntea nahoissani. Tuon kokeilun jälkeen meni pitkään maalatessa lempeitä ja iloisia muotokuvia hänestä. Kunnes siveltimeni avulla loin naiseni intohimon ja halun valtaamaksi eroottiseksi jumalattareksi. Seurasi unohtumaton viikko. Tein samanlaisen teoksen myös seuraavalla viikolla. Jatkoin näin useita kuukausia, kunnes palasin hetkeksi lempeisiin hymyileviin asetelmiin. Tuolloin asia alkoi minua kauhistuttaa ja vaivata. En todellakaan halunnut vähimmässäkään määrin leikkiä jumalaa. Rakastettuni mielialojen ohjaaminen alkoi tuntua painostavalta ja ennalta-arvaamattomuus tylsistyttävältäkin. Niinpä joskus maalasin pientä ärtymystä hänen kasvoilleen, mutten enää uskaltautunut raivoa kuvaamaan. Intohimoaiheeseen palasin aina silloin tällöin. Aloin miettiä oliko tämä jonkinlainen yliluonnollinen ilmiö, yleispätevä kaikkiin vastakkaisen sukupuolen edustajiin, vaiko vain tähän rakastamaani naiseen. Hankin uusia malleja ja aloin tehdä heistä maalauksia eri tunnetiloissa. Vaikka nämä mallit vuorollaan viettivätkin pidempiä aikoja luonani, kun heitä kankaalle luonnostelin, en havainnut heissä alttiutta ohjailuilleni. Tämän tutkimustyöni keskellä olin unohtanut rakastettuni kokonaan. Hän sai käydä läpi ikiomaa tunneskaalaansa, ja vuoden kuluttua siitä kun aloin maalata muita, hän otti ja lähti.

Olimme vähitellen vuosien kuluessa siirtyneet vanhempieni saunakamarista omaan pieneen asuntoon, jonka toista isoa huonetta pidin ateljeenani. Oletin hänen ottavan yhteyttä haluten oman osansa, mutta kerran etsiessäni sivellinlaatikosta sopivaa sivellintä löysin pohjalta lapun, jossa luki: " Pidä kaikki. En tule takaisin, äläkä etsi minua."

Niinpä jatkoin elämääni entiseen tapaan ansaiten toimeentuloni muotokuvamaalauksilla. Se alkoi vähitellen kyllästyttää ja innostuinkin uusista suuntauksista, ja myös niitä meni jokunen kaupaksi. Elämä asettui uomaansa, ja aloin taas kaivata naista rinnalleni. Olin tutustunut tavallisenoloiseen galleristiin, joka silloin tällöin sai myydyksi jonkun tauluistani. Aikani jahkailtuani pyysin tätä mukavaa naista kanssani syömään. Siitä alkoi ystävyys, joka vähitellen syveni jonkinlaiseksi rakkaudeksikin ja menimme naimisiin. Lapsia emme saaneet yrityksistämme huolimatta. Elimme vaatimattomasti ja kuljimme pikkuhiljaa elämän ehtoopuolta kohden. Vanhempani, jotka olivat jo varsin iäkkäitä, asuivat vanhainkodissa, ja kävin heitä silloin tällöin tervehtimässä. Isäni oli jäänyt sairastelun vuoksi varhaiseläkkeelle, ja äitini oli elänyt nuo vuodet enimmäkseen neljän seinän sisällä, vain joskus harvoin pihalla käväisten. Erään vanhainkotivierailun lopulla isäni kertoi syntymästäni peräpää edellä kuin hymyillen. Hän kertoi olleensa tuolloin vakuuttunut, että minä omaisin jotain yliluonnollisia kykyjä ja olleensa huojentunut huomatessaan minun olevan ihan tavallinen poikalapsi, enkä myöhemminkään osoittautunut sen kummallisemmaksi ihmiseksi kuin taiteilijat ylipäänsä. En kertonut hänelle kyvystäni vaikuttaa nuoruudessa rakastamaani naiseen maalaamiseni kautta, vaikka hetken ajan tunsinkin halua tunnustaa kaikki kokemani. En koskaan yrittänyt maalata vaimoani, vaikka joskus ajatus käväisikin mielessäni. Erityisesti pienen riidanpyörteen keskellä tai silloin kun makuuhuoneemme puolella oli ollut jonkin aikaa hiljaisempaa.

Opus 2

Olin nuorin kolmesta lapsesta. Minun syntymäni aikoihin vanhempani olivat jo pahasti alkoholisoituneet. Sisko ja veli oli jo useampaan kertaan otettu huostaankin. Aina kun toinen vanhemmista tai molemmat ryhdistäytyivät ja olivat hetken juomatta, saivat he lapset takaisin. Sen jälkeen ei kestänytkään kauan, kun vanhat alkoholihuuruiset tavat palasivat. Sain kuulla, että minun syntymäni tiimoilta käytiin useita verkostokeskusteluja tulevaisuudennäkymistäni. Milloin koolla olivat olleet vanhempani, milloin lastensuojelun työntekijät keskenään, milloin molemmat päiväkodin ja neuvolan henkilökunnan kera ja milloin mikäkin taho. Ratkaisua ei kuitenkaan tahtonut kaikista yrityksistä huolimatta syntyä, ja tuon keskustelun keskelle minä sitten synnyin.

Vanhempani halusivat ehdottomasti pitää vauvan, eli minut, vaikka molemmilla oli jo juomaputki alkamassa. Sen verran he aina kykenivät ryhdistäytymään, että viranomaisten kanssa asioidessaan olivat selvin päin tai ainoastaan jonkin verran lääkkeiden vaikutuksen alaisina. Kotikin saatiin aina kohtuulliseen kuntoon, kun tiedettiin lastensuojeluväen olevan tulossa. Tuolloin jääkaappi täytettiin ruualla ja pullot pistettiin piiloon. Komeroihin viskattiin kaikki likaiset ja puhtaammatkin pitkin ja poikin lojuvat vaatteet ja muu tavara.

No, pääsin kuin pääsinkin kotiin synnytyssairaalasta. Onnekseni vanhemmat sisarukseni olivat jo kouluiässä ja ymmärsivät sentään jotain vauvanhoidosta. Näin perustarpeeni tulivat jotenkuten tyydytetyiksi. Sisko ja veli kantoivat minua sylissään, tai enemmänkin retuuttivat, mutta yhtä kaikki läheisyyttä sain yllin kyllin. He suukottelivat ja supattivat omat ajatuksensa ja huolensa minulle paremman kuuntelijan puutteessa. Välillä vanhempien juominen äityi niin pahaksi, ja isän käytös niin väkivaltaiseksi, että jouduimme hakeutumaan turvakotiin.

Vuodet kuluivat ja koulu sujui siinä sivussa miten kuten. Rakastin tarinoita, ja varsinkin sellaisia, joissa oli onnellinen loppu. Tämän vuoksi opin varhain lukemaan ja kirjoittamaan. Jo ala-asteella kirjoittelin pieniä kauniita satuja. Muut aineet eivät saaneet kiinnostustani, eivätkä oppimisintoani, heräämään. Murrosikään mennessä meidät kolme sisarusta oli sijoitettu eri perheisiin. Olin sisarusteni johdattamana alkanut polttaa tupakkaa, juopotella ja näpistellä. Vanhin meistä joutuikin joskus noihin aikoihin vähäksi aikaa nuorisovankilaan, kun varkauskeikkoja oli tullut tehtyä kasapäin. Vähällä oli ettei keskimmäiselle ja itselleni käynyt samoin. Minä olin vasta rikollisen urani alussa, joten jouduin erotetuksi muista. Pääsin keskelle maalaismaisemaa kodinomaiseen ympäristöön. Joksikin aikaa rauhoituinkin ja aloin käydä koulussa säännöllisesti. Lukuharrastukseni, joka oli ollut unohduksissa melko pitkän tovin, alkoi elpyä jälleen. Ryhdyin myös väsäämään pikku tarinoita pitkästä aikaa. Hankin itselleni oppisopimuskoulutuksella puusepän ammatin, ja elämä tuntui asettuvan kohdalleen. Ystäviä minulla ei tosin ollut, mutta viihdyin hyvin itseksenikin.

Elämäni sai uuden ikävän käänteen, kun veljeni vapautui vankilasta ja etsi minut käsiinsä. Hän sai houkuteltua minut mukaansa yhdelle ryöstökeikalle, jonka piti ratkaista kaikki rahahuolet loppuelämäksi. Suostuin kun ajattelin sen olevan viimeiseni tuolla saralla. Sellaiseksi se jäikin, mutta saalista emme saaneet vaan jäimme kiinni ja jouduimme molemmat tiilenpäitä lukemaan. Siellä sellissä oli aikaa miettiä ja laittaa asioita tärkeysjärjestykseen. Eräänä pimeänä talviyönä, kun en saanut unta, näin ilmestyksen tai koin hallusinaation. Jotain yliluonnollista joka tapauksessa tapahtui ja unta se ei ollut. Nipistelin itseäni varmemmaksi vakuudeksi ja aamulla huomasin olevani mustelmilla.

Tässä näyssä minulle annettiin kultainen kynä ja lehtiö. Tunsin kuinka ne alkoivat polttaa käsissäni ja pakottivat minut kirjoittamaan. Aamulla heräsin kuolemanväsyneenä. Tätä jatkui viikon verran, enkä aamulla muistanut mitä olin kirjoittanut. Sitten eräänä yönä kuulin takaani äänen: "Nyt olet kirjoittanut kaiken mitä tulet elinaikanasi julkaisemaan." Seuraavana aamuna herätessäni minut valtasi jonkinlainen ylimaallinen tyhjyys. Olin kuin tyhjä hiekkasäkki ja tekeydyin sairaaksi saadakseni levätä muutaman päivän. Tulevina öinä nukuin syvää rauhallista unta, enkä enää koskaan kokenut mitään edellisen kaltaista. Vankilasta vapauduttuani hakeuduin puusepän töihin ja vuokrasin itselleni pienen pihamökin. Elin vaatimattomasti, mutta tyytyväisenä työhöni ja elämääni. Aloin kirjoittaa, ja nyt tekstini tuntuivat elävän omaa elämäänsä kynäni alla. Rohkaisin mieleni ja lähetin muutaman niistä kustantajalle. Sainkin tekstini heti julkaistuksi ja sitä kautta innokkaan ja uskollisen lukijakunnan. Elin kohtuullisen mukavasti puusepän työlläni ja kirjoista saamillani korvauksilla. Menin naimisiin ja saimme tytön, josta tuli silmäteräni. Sisaruksiini en pitänyt mitään yhteyttä, eivätkä hekään tuntuneet kaipaavan minua elämäänsä. Eläkkeellä ollessani kirjoitin vielä yhden kirjan. Saatuani sen valmiiksi ja toimitettuani kustantajalle menin tyytyväisenä nukkumaan. Yöllä heräsin ja näin samanlaisen näyn kuin vankilassa ollessani. Tällä kertaa vain minulta otettiin kultainen kynä ja lehtiö pois. Kuulin äänen sanovan:" Nyt olet kirjoittanut kaiken". Aamulla herätessäni tiesin etten enää kirjoittaisi ja mieleni valtasi tyyni rauha.

Opus 3

Perheessämme oli kahdeksan lasta. Minä olin hännänhuippu, iltatähti, jätejoonas, eli kuopus. Vanhempamme kuuluivat pieneen uskonnolliseen lahkoon, joka ei kuulunut kirkon piiriin. Kasvoimme virsien tahdittaessa elämäämme. Lapsuuteni oli melko onnellista aikaa, enkä silloin muunlaisesta elämästä tiennytkään.

Koulun aloitettuani aloin ymmärtää, että kaikki eivät näe asioita samoin kuin me ja toimivat monissa asioissa toisin kuin perheemme, sukulaisemme ja ystävämme. Elämääni alkoi tulla rajoituksia, joita aikaisemmin en ollut ymmärtänyt sellaisiksi. Jouduin ahdistuksen ristiaallokkoon kohdatessani ajatuksia, jotka olivat vastakkaisia niille, jotka olin imenyt itseeni jo äidinmaidossa. En saanut tukea miltään taholta. Vanhempani laittoivat minut arestiin sen kummemmin selittämättä, kun yritin etsiä selitystä, miksi jokin asia oli meillä eri tavoin kuin koulukavereiden kodeissa. Niin oli aina ollut, tai kaikki löytyy Jumalan sanasta, minulle vain sanottiin. Ymmärsin että muut olivat vääräuskoisia, ja me uskossamme olimme armoitettuja. Lisäkysymykset opin nielaisemaan, kun näin sisarusteni olemuksesta, että parempi olla hiljaa ja miettiä askarruttavia asioita vain omassa päässään.

Niin kasvoin uskonnollisia kaavoja ulkoisesti noudattaen mutta sisälläni epäröiden ja välillä mielessäni kapinoiden. Olin hiljainen ja syrjäänvetäytyvä, eikä minuun yleensä kiinnitetty kovinkaan paljon huomiota. Sain olla omissa oloissani, kun suoritin minulle annetut tehtävät, vastasin kun kysyttiin ja luin rukoukseni. Tein sen kaiken automaattisesti ja ajatuksetta.

Ainoa intohimoni olivat käsityöt. Jonkin asian kovasti mieltäni askarruttaessa purin sen kutomiseen tai poppanan tekoon. Ahdistuksen alla sain aikaiseksi kireitä villapuseroita puristettuani puikkoja liian lujaa kutoessani. Poppanatöissäni puolestaan räiskyivät iloiset värit ollessani onnellinen ja synkät ristinkuvat, kun olin vihainen tai suruissani. Kaikki pitivät minua harvinaisen tasaisena ja rauhallisena. Sellainen ulkokuoreni olikin, ja vain itse tiesin millaisia raastavia taisteluita uskon ja epäuskon välillä pääni sisällä käytiin. Verisimpien otteluiden seurauksena syntyneet käsityöt heitin salaa roskiin.

Näin kuluivat vuodet yksinäisyydessä ja hiljaisuudessa haaveillen, ja aika ajoin ristiriitojen repiessä sielua. Aikuisiän lähestyessä olin löytänyt itselleni soveliaan miesehdokkaan lähipiiristä. Kuin luonnostaan lähti seurustelumme alkuun ja melko pian menimme naimisiin. Ehkäisystä emme tienneet mitään sillä kumpikaan ei ollut saanut osallistua tunnille, jolla asiaa koulussa käsiteltiin. Olinkin näin ollen pian raskaana, sillä ymmärsimme sentään, ihme kyllä, että aviopuolisoiden on tapana yhtyä.

Ensimmäisen lapsemme syntyessä olin aivan tietämätön ja avuton, sillä olinhan ollut lapsikatraan nuorimmainen, enkä ollut saanut kokemusta sisaruksia hoitamalla. Pian kuitenkin opin ja totuin vauvanhoitoon ja huomasin olevani jälleen raskaana. Vuoden kuluttua toisen lapsemme syntymästä odotin kolmatta, ja pian jo neljättä. Aloin olla uuvuksissa. Viidennen lapsen ilmoitettua tulostaan kaivoin vuosia komeron perällä olleet kutimet esiin.

Eräänä lauantaina miehen mentyä saunaan ja minun jäätyäni lasten kanssa tupaan otin sukkapuikon ja sulkeuduin makuuhuoneeseen. Työn tehtyäni piilotin puikon sängyn patjan alle ja raahauduin vertavuotavana avaamaan makuuhuoneen oven. Saunasta tultuaan mies löysi minut verilammikon keskeltä ja pääsin ambulanssilla sairaalaan. Miehen suruksi mitään ei sikiön pelastamiseksi ollut tehtävissä. Olin järkyttynyt ja kauhuissani tekoni seurauksista. Rukoilin öin ja päivin ja salainen taakkani tuntui melkein liian raskaalta kantaa. Vähitellen asia alkoi hautautua arkiaskareiden ja lastenhoidon viedessä mukanaan.

Poppanoita aloin taas pitkästä aikaa kutoa, mutta niistä tuli synkkiä ja kuviot muistuttivat hirttopuuta. Sairaalakäynnistäni oli kulunut vuoden verran, kun huomasin taas odottavani lasta. Vaikka ahdistukseni oli suuri, en epäröinyt hetkeäkään tarttuessani sukkapuikkoon ja yrittäessäni samaa kuin edellisellä kerralla. Tällä kerralla kuitenkin epäonnistuin ja raskaus jatkui. Vuoto oli ollut runsasta ja kohtuni oli hyvin supistusherkkä koko loppuraskauden. Voin myös pahoin aivan raskauden loppuun asti.

Synnytin cp-vammaisen lapsen. Ahdistukseni ja itsesyytökseni kasvoivat lähes kestämättömiksi ja aloin maanisesti luoda mustia ristien täyttämiä poppanoita. Lääkäriltä sain kuulla, että kohtuni oli vaurioitunut niin etten enää voisi saada lapsia. Tunteeni olivat ristiriitaisia, ja olin jo itsetuhon partaalla. Lasten vaatima huolenpito, ja erityisesti tämän vammaisen kuopukseni vaaliminen, veivät kaikki voimani.

En tiennyt olisiko nuorimmaiseni syntynyt tällaisena ilman lähdetysyritystäni, eivätkä lääkäritkään osanneet siihen vastata. Sen asian kanssa jouduin kamppailemaan päivästä toiseen ja se raastoi sydäntäni. Menin jälleen sekavin ajatuksin mattopuiden ääreen ja valitsin mustia ja harmaita sävyjä, kuin ahdistuksen airuita, ajattelin. Tehtyäni muutaman kerroksen alkoi sukkula yhtäkkiä liikkua kuin jonkun toisen ohjaamana. Kykenin vain seuraamaan, miten käteni liikkui ja lensi kuin taian voimasta. Kun poppanakudelma vihdoin oli valmis, oli se sanoinkuvaamattoman kaunis. Mustan ja harmaan eri sävyjen hohteesta kykenin juuri ja juuri lukemaan sanat:" Armahda itsesi." Aloin itkeä, eikä sillä itkulla tuntunut olevan loppua ollenkaan.

Tuon kerran jälkeen olen kutoessani välillä tuntenut kuin hennon otteen ohjailevan työni kulkua. Käsityöni eivät enää tuon ylimaallisen kerran jälkeen ole olleet tummia vaan valoisia, harmonisia, heijastaen toivoa ja uskoa tulevaisuuteen.

Joitakin töistäni pyydettiin sittemmin kylämme kirkkoon ja joihinkin naapurikuntien kirkkoihinkin seinäkoristeeksi. Käyn silloin tällöin katsomassa niitä, ja rukoillessani tunnen, kuinka armo laskeutuu ylleni ja tunnen saaneeni sielulleni rauhan.

Opus 4

Synnyin musiikin keskelle. Jo äitini kohdussa keinuin rockin, bluesin, countryn ja kaiken maailman musiikin tahtiin, nukahtaen klassisten sävelten hellimänä. Isäni oli musiikkiopiston rehtori ja äitini oopperalaulaja. Musiikki ei näin ollen voinut olla vaikuttamatta elämääni. Sain kolme-neljävuotiaana ensimmäisen viuluni. Myös muita instrumentteja kokeilin jo ennen kouluikää, laulamisesta puhumattakaan. Olin musiikin monitoimilapsi. Minua ei haluttu rajoittaa millään tavalla, eikä lokeroida tiettyyn musiikkigenreen, vaan sain vapaasti kokeilla kaikenlaista. Esiinnyin erilaisissa tilaisuuksissa aina kun pyydettiin. Muutamaa vuotta vanhempi sisareni oli myös musiikin kyllästämä lapsi ja onnellinen sellainen. Meillä molemmilla oli lähes absoluuttinen sävelkorva ja rakastimme erilaisia improvisointeja. Minä olin meistä laiskempi ja ailahtelevaisempi. Tiesin olevani hyvä mutten erinomainen minkään soittimen taitajana. Sisareni oli loistava viulisti ja hänelle ennustettiinkin menestyksekästä tulevaisuutta. Koulu meillä molemmilla meni kohtuullisen hyvin.

Näin kuluivat lapsuusvuotemme onnellisten tähtien alla, kunnes murrosiässä ryhdyin kapinoimaan. Aloin tuntea erityistä vastenmielisyyttä musiikkia ja varsinkin iänikuisia harjoituksia kohtaan. Lyhyesti ilmaistuna hylkäsin viuluni sekä muut instrumentit ja suljin suuni. Sisarellani sen sijaan ei tuntunut moista elämän murrosvaihetta kuin murrosikä olevankaan. Hän jatkoi loistokasta ja kurinalaista etenemistään musiikin saralla. Minä, kuopus, heitin huolettoman vaihteen päälle.

Kouluni suoritin lopulta miten kuten. Aloin tapailla poikia ja seurustelin muutaman kuukauden kerrallaan kyllästyen nopeasti kulloisenkiin kumppaniini. Ylioppilaaksi pääsin kuitenkin ja sinä kesänä rakastuin yllättäen niin, että menin muutaman viikon seurustelun jälkeen kihloihin. Poika oli pari vuotta minua vanhempi ja aloittanut juuri opinnot kauppakorkeakoulussa. Minulla ei ollut kunnianhimoa, vaan ajattelin hankkia jonkin käytännönläheisen ammatin lyhyellä koulutuksella. Teimme yhdessä tulevaisuudensuunnitelmia ja unelmoimme. Häät halusimme viettää pienimuotoisina muutaman vuoden kuluttua, kun opintomme olisivat jo lopuillaan. Yhteistä asuntoa yritimme löytää innolla. Toinen meistä tosin halusi asua kaupungin keskustassa ja toinen mahdollisimman kaukana siitä hälinästä ja hyörinästä, mieluiten luonnon keskellä.

Kaiken tämän touhun keskellä menetin näkökykyni. Edessäni oli vain harmaata sumua. Aluksi epäiltiin syyksi stressiä. Tutkimukset eivät tuoneet täyttä selvyyttä sokeutumiseni syystä. Jonkinlaista perinnöllistä taipumusta ymmärsin siihen liittyvän, vaikken hädässäni kaikkea tietoa niin kovin tarkkaan kyennytkään vastaanottamaan.

Elämäni hajosi palasiksi ja alkoi vaikea masennuksen täyttämä ajanjakso. Työnsin sulhaseni luotani, sillä en uskonut hänen jaksavan jakaa elämäänsä kanssani kaikista vakuutteluista huolimatta. Halusin olla yksin ja sulkeuduin kuoreeni. Kaikissa päivittäisissä toiminnoissa tarvitsin toisten apua, joten täydelliseen yksinäisyyteen en voinut vajota. Sokea, sokea, sokea hoin itsekseni yrittäen tajuta asian armottomuuden ja lopullisuuden. Ajan kanssa opin kutsumaan itseäni näkövammaiseksi, vaikka minusta sokea oli oikeampi ja rehellisempi ilmaus olotilastani ja sairaudestani. Syvän masennuksen kautta kesti puolisen vuotta tai hiukan yli.

Vähitellen aloin käydä läpi surun eri vaiheita ja sain huomata, että oikotietä ei ole. Toipumiseni, tai miksi sitä nimittäisikään, vei vuosia. Vanhempani ja sisareni jaksoivat olla tukenani, ymmärsivät ja kestivät käpertymiseni itseeni ja tukivat ja auttoivat kukin omalla tavallaan. Lopulta eräänä syksyisenä päivänä sateen rummuttaessa ikkunaan alkoivat sävelet soida päässäni. Vähitellen ja vaivihkaa voimistuen, kunnes aloin laulaa. Sanoja ei ollut ja näin sieluni silmin eri sävellajit väreinä. Tämän tapahtuman jälkeen päiväni alkoivat täyttyä jälleen musiikista ja pyysin saada vanhan viuluni voidakseni kokeilla, vieläkö taidostani olisi mitään jäljellä. Viulu alkoi vähitellen soida käsissäni kuin ennen. Vaikken kyennyt näkemään nuotteja, muistin useita kappaleita ulkoa. Sisareni kävi tuolloin usein luonani ja soitti jonkin uuden kappaleen, jonka varsin nopeasti omaksuin kuuntelemalla häntä. Soitimme myös paljon yhdessä ja nuo hetket olivat jaksamiseni kannalta elintärkeitä.

Eräänä päivänä sisareni soittaessa kappaletta, joka toi paljon muistoja mieleeni, aloin nähdä. Näin huoneen jossa olimme, sekä sisareni, jota aika oli kohdellut lempeydellä. Hämmästyin niin, että lakkasin soittamasta ja samalla näkökykyni hävisi. En maininnut sisarelleni asiasta ajatellen sen olleen vain mielikuvitukseni tuote. Kun näin oli tapahtunut muutaman kerran erityisen koskettavaa muistirikasta kappaletta soittaessamme, ja kerran yksin kaunista viulusonaattia tapaillessani, aloin uskoa, ettei kyseessä ollut harhanäky. Pidin asian silti salassa ja odotin jännityksellä, milloin tulisi taas hetki, jolloin sumu väistyisi silmiltäni ja näkisin edes tuokion verran. Olimme alkaneet silloin tällöin esiintyä erilaisissa sukulaisten ja tuttavien juhlissa. Sisareni, josta oli tullut varsin tunnettu konserttiviulisti, oli välillä pitkiäkin aikoja kiertueilla eri puolilla maailmaa. Niinä aikoina soitin ja lauloin itsekseni.

Entinen sulhaseni oli mennyt naimisiin toisen kanssa ja heillä oli jo lapsiakin. En tuntenut katkeruutta. Olin jo aikoja sitten haudannut haaveeni avioliitosta ja lapsista monien muiden asioiden lisäksi. Elämä oli jotenkin asettunut uomiinsa, ja päivät tuntuivat pysähtyneen.

Ei ollut menneisyyttä eikä tulevaisuutta. Elin hetkestä toiseen sävelvirrassa liikkuen. Välähdyksenomaiset näkökyvynhetkeni tulivat yllättäen, tosin aina tietynlaisten jo aiemmin kuulemieni kappaleiden aikana. Pyysinkin sisartani etsimään juuri sentyyppistä musiikkia, joka saisi muistoni ja tunteeni liikkeelle. Näin vuodet kuluivat ja iän mukana vähenivät nuo kirkkaat kauniit hetket, jolloin hetken ajan sain nähdä ympärilläni olevan. Voisi kuvitella, että se olisi täyttänyt elämäni katkeruudella, kun sain vain välähdyksiä normaalista elämästä. Näin ei kuitenkaan ollut. Kykenin sitten sokeuteni pimeydessä muistuttamaan mieleeni näitä hetkiä, kasvoja ja maisemia. Muulloinkin koin musiikin voimakkaasti väreilevinä väreinä ja nuo kauniit värit täyttivät loistollaan loppuelämäni päivät.

Yhden lauseen kertomus

Tarinani tahtoisin tuoda tietoisuuteenne aivan alkujen alusta mutta muistini on muistamattomuuden tuolla puolen tuntemattoman totuuden tuhoamana tuomittu tulemaan toimeen tunnelmien tapahtumien toivottomuudentunteen tai toivon tarkoituksettomuuden sirpaleiden seasta summittain selvittämään senhetkisten sekä samanaikaisten selvittämättömien salaisuuksien syövereiden syöksemän kertomuksien kudelman kuljettaen kuulijaa kuin kertojaa ketjussa kauniiden kauheuksien keskellä kierien kurjuudesta kirkkauteen koskettaen hiljaa herkkää heikkoa hetkellistä haavetta hajanaisen harvinaisen hetken hellimisestä ajatusten aalloissa antaen anteeksi ahdistavien arpeutuvien ammottavien alhaisimpien ankeiden arkisten olosuhteiden olemassaolon ollakseen oikeanlaista oppineiden oppimattomille ohjaamaa olematonta olennaisuuksien ylistämistä ylimpien yliarvostettujen yhtälöiden yhdistämistä yhdeksi yksinkertaisuudessaan yksinomaan yhden yksilön yksinäisen yllätyksettömän ylvään yksityisyyden yhteisöllisyyteen yllyttämisen yrityksen lisäksi liukuen lempeästi laajaan luovaan läpileikkaukseen lajin läpimädästä laajenevasta lohduttomuudesta lahjattomuuden loputtomasta loukkaamisesta lahjakkuuden levittäessä lepakonsiipensä lahjomattomien liekkien lepattaessa leppymätöntä kateuden karvasta kalkkia kehräten kuin kissa kynsineen kaivautuen kallon kudelmiin kuvottavin kerjäläiskatsein kummeksuen kuinka koskematon kunnon kansalaisen kunniamerkkikokoelma kiiltää kun kuristava kalmankoura kurottuu kohti kuolematonta kulkijaa kaiken kauniin kantajaa.

© 2023 Eeva Palmu-Salmenoja
Kustantaja: BoD – Books on Demand, Helsinki, Suomi
Valmistaja: BoD – Books on Demand, Norderstedt, Saksa
ISBN: 978-952-80-6947-8